LA BELGIQUE LITTÉRAIRE

DU MÊME AUTEUR

Romans, Théâtre, Poèmes

Sixtine.
Le Pèlerin du silence. Le Fantôme. Le Château singulier. Théâtre muet. Le livre des litanies. Pages retrouvées.
Les Chevaux de Diomède.
D'un Pays lointain.
Le Songe d'une femme.
Lilith, *suivi de* Théodat.
Une Nuit au Luxembourg.
Un Cœur virginal. Couverture de G. d'Espagnat.
Couleurs, *suivi de* Choses anciennes.
Histoires magiques.
Divertissements, *poésies complètes* 1912 (G. Crès, édit.)
Le Soir d'un bal paré.
Lettres d'un Satyre (G. Crès, édit.)
Le Chat de Misère. *Idées et paysages* (Messein, édit. « Collection des Trente »).
La Petite Ville.
Lettres à l'Amazone (G. Crès, édit.)

Critique

Le Latin mystique. Etude sur la poésie latine du moyen-âge (G. Crés, édit.).
Le Livre des Masques (Ier et IIe), gloses et documents sur les écrivains d'hier et d'aujourd'hui, avec 53 portraits par F. Vallotton.
La Culture des Idées.
Le Chemin de Velours. *Nouvelles dissociations d'idées.*
Le Problème du style. *Questions d Art, de Littérature et de Grammaire.*
Physique de l'Amour. *Essai sur l'instinct sexuel.*
Epilogues. *Réflexions sur la vie*, 1895-1898 ; 1899-1901 (2e série) ; 1902-1904 (3e série) ; 1905-1912 (volume complémentaire) ; 4 vol.
Esthétique de la langue française, édition revue, corrigée et augmentée.
Promenades littéraires (1e, 2e, 3e, 4e et 5e séries) ; 4 vol.
Promenades philosophiques (1e, 2e et 3e séries) ; 3 vol.
Dialogue des amateurs sur les choses du temps (*Epilogues*, 4e série, 1905-1907).
Nouveaux dialogues des Amateurs sur les choses du temps (*Epilogues*, 5e série, 1907-1910).
Dante, Béatrice et la Poésie amoureuse.

REMY DE GOURMONT

LA
Belgique Littéraire

(6e ÉDITION)

PARIS
Editions Georges CRÈS & Cie
116, Boulevard Saint-Germain 116
M CM XV

PRÉFACE

PRÉFACE

Ce petit livre improvisé avec des connaissances pas absolument complètes du sujet porte la date de sa composition presque à chaque page. En d'autres circonstances, je l'aurais fait mieux, mais aussi je ne l'aurais pas fait. Il me fut inspiré par le désir de rendre justice aux meilleurs représentants de l'art et de la pensée d'un petit peuple héroïque et malheureux et aussi de les faire mieux connaître à un public ami. Je l'aurais voulu plus court, mais j'aurais dû négliger encore plus de noms que je n'ai fait et j'en aurais eu du chagrin. Il est vrai que je puis renvoyer à mes écrits antérieurs. On trou-

vera dans les deux volumes du Livre des Masques des portraits de Maeterlinck, Verhaeren, Eekhoud, Elskamp, Fontainas, dans les cinq séries des Promenades littéraires des études sur les deux premiers.

Le présent volume les coordonne et malgré son insuffisance les complète en indiquant aussi leur place dans l'ensemble et dans l'évolution (1).

R. G.

(1) Le livre de M. Albert Heumann, *Le Mouvement littéraire belge d'expression française depuis 1880*, Mercure de France, 1913, in-18, m'a dispensé de bien des recherches et fourni bien des citations. Il contient une bibliographie très sérieuse, à laquelle je suis heureux de renvoyer pour supplément d'enquête. J'y ajoute seulement la brochure toute récente de M. Esch sur *Maeterlinck*, ainsi que l'excellent chapitre d'Albert Mockel sur les écrivains belges dans *L'Héroïque Belgique* (Crès, éditeur) et je signale le cours que fait en ce moment M. Henri Guilbeaux à l'Ecole des Hautes Etudes sociales : *La littérature belge ; le Mouvement contemporain (1880-1914)*.

I

DES ORIGINES

A

GEORGES RODENBACH

I

DES ORIGINES A GEORGES RODENBACH

La longue histoire de la formation de la Belgique, tour à tour province de la maison de Bourgogne, de la maison d'Autriche, province espagnole, assemblage de villes libres, partie intégrante de la Hollande, enfin royaume autonome, fait bien comprendre que rien de ce qui ressemble à une littérature nationale n'a pu fleurir sur cette terre incertaine avant les dernières années du XIXe siècle. Cependant, n'y a-t-il pas eu une littérature des provinces Belgiques, des provinces flamandes ou wallones, avant le moment où il sied de parler d'une littérature belge ? Adenès le Roi qui écrivit un des poèmes les plus célèbres du moyen-âge : *Berte aux grands pieds*, ne naquit-il pas en Brabant, ne vécut-il pas sous un comte brabançon ? Et Froissart, ne fut-il pas de Valenciennes, et Comines, de Comines, à une époque où Valenciennes et Comines étaient, non des villes françaises, mais des villes flamandes, à l'époque où les Flandres vivaient sous les Communes, à l'époque où les Flandres étaient bourguignonnes ? Et plus tard, le prince de Ligne, écrivain du meilleur esprit français, né à Bruxelles en 1735, ne peut-il être donné à la Belgique mieux qu'à la France ? Sans vouloir en rien réformer une habitude qui nous enrichit de forts beaux noms, on peut tout de même noter que la Belgique n'est pas la terre sans tradition littéraire que l'on croit et que ses racines plongent au plus profond des siècles.

A vrai dire, l'expression littérature belge n'est légitime et n'est adoptée que depuis très peu d'années. J'en placerais la naissance vers 1881, sinon en cette année même où parut le premier numéro d'une revue appelée la *Jeune Belgique*, mais, bien avant cette date, Bruxelles, si grandie et si remplie depuis la Révolution, était un centre littéraire. Le Prince de Ligne avait écrit partout, publié partout, au hasard des chevauchées de guerre, ceux qui vinrent après lui, sans guère le connaître, d'ailleurs, eurent des destinées plus sédentaires. C'est à cela qu'on reconnaît qu'un pays, ne fût-il encore qu'une province, manifeste la volonté de se créer une littérature, c'est que des écrivains, y naissent, y vivent, y meurent, qu'ils y ont cherché un public dans la capitale du territoire, qu'ils dépendent de ses mœurs et de ses idées, qu'ils ont cessé, en un mot, d'être, comme le prince de Ligne, comme Jean-Jacques Rousseau, détachés de leur milieu. Les premiers littérateurs belges qui acceptèrent de plaire d'abord à Bruxelles avant de penser à la France et à l'Europe furent (je ne m'occupe naturellement que de ceux de langue française), avant ou après la révolution de 1830, qui fonda le royaume de Belgique, les Stassart, les Mathieu, les Potvin, les Antoine Clesse, les Van Hasselt, les De Coster, les Octave Pirmez. On rejoignit ainsi assez lentement et assez péniblement l'éclosion de l'école parnassienne française, qui eut sa répercussion immédiate à Bruxelles. L'émigration à Bruxelles de Baudelaire et celle de son éditeur, Poulet-Malassis, y créèrent, malgré la mauvaise humeur de Baudelaire et son dédain irraisonné de tout ce qui était Belge, un petit centre d'attraction littéraire. Le romancier Camille Lemonnier se souvenait, étant étudiant, d'avoir aperçu Baudelaire et il en gardait une grande émotion. Vers la même époque, Victor Hugo séjourna à Bruxelles où il trouva des éditeurs pour *Les Misérables.* L'empire y avait poussé un assez grand nombre de proscrits qui retrouvaient là, avec leur langue, quelques-unes de leurs habitudes d'esprit. D'aucuns y avaient amené leur famille et c'est ainsi que naquit à Bruxelles M. Paul Deschanel dont le père n'était pas qu'un proscrit, était un littérateur distingué. Bruxelles fut pendant tout le second empire la succursale libérale du Paris autoritaire. Ce qu'on n'osait pas imprimer, ce qu'on n'osait pas dire à Paris, trouvait des presses à Bruxelles, y trouvait des échos; les esprits y fermentaient. Vint, après la guerre de 1870, l'éclosion en France de l'école naturaliste qui, plus ou moins persécutée à Paris, où le gouvernement était devenu fort réactionnaire, ne trouvant pas d'éditeurs, en chercha et découvrit à Bruxelles les Brancart, les Kistemaeckers. Nombre d'écrivains français d'alors tournèrent les yeux vers la Belgique. Huysmans, Descaves, Francis Enne publièrent à Bruxelles leurs premiers livres. Huysmans en garda une tendresse pour ce pays, dont sa famille d'ailleurs était originaire, et presque jusqu'à la fin de sa vie il resta l'un des collaborateurs les plus dévoués de la *Jeune Belgique*. C'est lui qui devait me faire connaître le premier poète belge doué de quelque hardiesse et de quelque originalité, Théodore Hannon, dont Félicien Rops, le célèbre graveur belge, avait orné le premier livre, *Rimes de Joie*, d'une eau forte représentant un pendu dans une mansarde. Image naturaliste en tête d'un volume de vers parnassiens ! De même, Huysmans, romancier naturaliste, devait se faire le héraut des premières œuvres symbolistes et en marquer l'importance. Les écoles littéraires, si dissemblables qu'elles soient, naissent nécessairement l'une de l'autre, comme je l'ai montré ailleurs au grand scandale de quelques sots, et le symbolisme ne fut d'abord qu'une modification des parties nobles du natura lisme. Il faudra peut-être cent ans pour qu'on découvre cette vérité, mais elle paraîtra évidente, comme il est évident que, pour opposés qu'ils soient, le protestantisme n'est qu'une modification du catholicisme. Un père procrée plus souvent son dissemblable que son semblable. Les filiations sont pleines de mystère.

Il y avait donc avant le grand mouvement littéraire belge, une atmosphère très favorable à Bruxelles, une de ces atmosphères d'attente et d'avance accueillantes. Des frémissements naissaient de tous côtés et la jeunesse se groupait, en 1881, autour de la *Jeune Belgique* que faisait paraître Max Waller et dont le programme satisfaisait ses aspirations. Plus tard, à l'apparition du premier livre d'Emile Verhaeren, un critique de la vieille école, le Dr Valentin écrivait : « Verhaeren vient de percer comme un abcès » Cette métaphore malveillante et trop médicale indiquait bien qu'il se passait quelque chose dans les esprits, quelque chose qui voulait sortir et qui venait en effet de surgir avec les *Flamandes*. On avait pris en horreur l'ancienne rhétorique vague et gonflée de mots sans signification à force d'avoir été répétés et on souhaitait un art plus pictural et plus franc. La poésie de Verhaeren était aussi de la rhétorique, mais c'était une rhétorique nouvelle et aussi une rhétorique réaliste ou, pour dire le mot exact, naturaliste. L'art de Verhaeren est né d'un besoin de vérité plus encore que d'un besoin de rêve et il n'a jamais atteint sa vraie beauté que lorsqu'il eut la sagesse de ne point oublier son point de départ naturel, lorsque, avec ses tableaux de la nature flamande et de la vie flamande, il a marqué son étroite liaison avec le milieu d'où il était né. Cependant, pour arracher ce mouvement littéraire dont il devenait un des principaux éléments aux préoccupations quelquefois un peu étroites de la *Jeune Belgique*, il fonda la même année une nouvelle revue qui a gardé jusqu'à maintenant un sens plus large et plus haut de la beauté : l'*Art Moderne*. Il était secondé dans cette tâche par deux esprits fort différents, mais également dévoués à un idéal commun, Edmond Picard et Octave Maus. Avec ces deux organes, la nouvelle littérature belge était définitivement organisée : il ne pouvait paraître en Belgique la moindre tentative d'art qu'elle ne fût jugée et aussitôt mise à sa place. Tant d'autres revues littéraires belges ont suivi ces deux-là, jusqu'à la plus récente et l'une des plus décidées, *Le Masque*, qu'elles sont devenues un peu oubliées ou dédaignées de la génération nouvelle ; pourtant aucuns autres n'ont eu pareille influence et n'ont mieux combattu pour la liberté de l'art.

La première œuvre importante d'Emile Verhaeren fut donc accueillie avec réprobation par la critique officielle, mais elle trouva des amis dans la jeunesse et fut défendue par des poètes qui étaient, comme Albert Giraud, en train de se faire une grande réputation, par des esprits éclairés, comme Edmond Picard, homme de goût, écrivain des plus distingués, par des romanciers, Camille Lemonnier, Georges Eekhoud, l'un déjà en marche vers la célébrité, l'autre en étant encore aux préludes. Je ne sais pas ce qu'en pensa Rodenbach : c'étaient deux natures si différentes ! Pour suivre historiquement le développement de la poésie en Belgique, il faut insister à cette place sur l'œuvre de Georges Rodenbach, qui, contemporain de Verhaeren, fut beaucoup plus précoce et que la notoriété favorisa d'abord. Il est considéré aujourd'hui comme un ancêtre. Le fait est qu'il fut le premier à faire admettre aux Parisiens, trop souvent sans pitié, en ce temps là, pour les Belges, que l'on pouvait être à la fois un sujet du roi Léopold et un poète fort délicat. Verhaeren, le premier Verhaeren surtout, est le tumulte et la richesse prodiguée, Rodenbach, comme lui né dans les Flandres, est le rêve, la discrétion, presque le silence. Ces deux poètes mettent dans un grand embarras le théorie des caractéres tranchés des races, à moins que nous ne nous souvenions à propos que si Rubens et Verhaeren étaient des Flamands d'Anvers, Watteau et Rodenbach étaient des Flamands, l'un de Tournai, l'autre de Valenciennes. La théorie n'en sera pas bien éclaircie, ni la difficulté surmontée, mais on entreverra cette autre vérité qu'au dessus des races il y a les tempéraments et les caractères et que c'est cela qui, dans un homme, importe. Verhaeren est l'improvisateur magnifique, Rodenbach est le causeur intime, le chuchoteur même. Il nous confie ses impressions de rêverie solitaire, il ne fait pas beaucoup de bruit en parlant, quelquefois pas du tout. Il voudrait, s'il était possible, se faire comprendre sans parole, par un geste, par un regard. Verhaeren est l'orateur qui aime à scander son verbe. Il ne fait pas de confidences, il crie sa vie et les aventures de sa pensée. L'un est le poète intérieur, l'autre est le poète extérieur. Il ne faut jamais pousser trop loin les comparaisons, on s'aperçoit qu'elles clochent toujours par quelque côté. Cependant ceci est exact que si l'un de ces poètes est avant tout un poète de plein air, l'autre est un poète d'intimité et que si l'un veut avant tout, même au moyen de sensations et d'images exciter la pensée, l'autre, avec souvent un peu de miévrerie, se borne à accompagner, comme d'un murmure, le rêve et à entretenir l'âme dans un état de songerie et de douce hallucination.

Quoique Rodenbach soit surtout un

poète, la grande célébrité ne lui vint que par un roman, *Bruges la Morte*. C'est après avoir lu ce tableau mélancolique de la vieille cité flamande que le public s'intéressa à son volume de vers publié l'année précédente, *Le règne du Silence* (1891). Ces deux livres sur lesquels repose la réputation de Rodenbach furent peut-être pendant quelques années estimés au delà de leur valeur. Ils apportaient cependant quelque chose de nouveau. Verhaeren l'a bien jugé : « Rodenbach se classe parmi les poètes du rêve, parmi les raffinés de la phrase, parmi les évocateurs, spécieux parfois, rares toujours, dans le voisinage de deux amis et maîtres, qui l'aimèrent autant qu'il les aime, Edmond de Goncourt et Stéphane Mallarmé. Il est de ceux qui suggèrent à l'encontre de ceux qui constatent ; il est de ceux qui se renferment à l'encontre de ceux qui se déploient. Il a mis des sourdines à ses vers et à ses pensées ; il déteste les tapages de l'orchestre : C'est un recueilli. Il apporte dans l'art contemporain un encens pris aux cérémonies d'un mysticisme nouveau que ne connurent ni Baudelaire, ni Verlaine. Il le recueillit non pas en des chapelles espagnoles, ni en des cathédrales françaises, mais en des béguinages flamands. Mysticisme précis, propret, dominical, mysticisme de confessionnal, de triduums et de neuvaines ; mysticisme de banc de communion qui, les mains jointes, s'en va vers l'hostie, non pas nu-pieds, en marchant sur des jonchées de ronces et d'épines, mais en foulant des dalles bien nettes avec des sandales blanches et pieusement feutrées. » Mais il y a autre chose que du mysticisme dans cette poésie, il y a un sens très particulier de la tristesse des âmes et de la tristesse des paysages : le poète y perçoit presque toujours ce qui va mourir, ce qui va s'éteindre, ce qui va s'oublier. Il est hanté par la mort. Il sait qu'elle est partout, il sait qu'elle est en lui. Il mourut à quarante-trois ans. Quant au plus curieux de ses romans, *Bruges la Morte,* il a au contraire ressuscité cette vieille ville, en y attirant de nombreux visiteurs. Grâce à lui, Bruges est devenue presque aussi célèbre que Venise. Ce n'est peut-être pas cela que voulait Rodenbach. Il voulait surtout la faire aimer, en faire sentir le charme mélancolique, le charme mortuaire, si l'on peut dire et à cela il a réussi également, mais peut-être trop bien. Le nom de Bruges et le nom de Rodenbach sont indissolublement unis. L'un fait penser à l'autre. Quelle odeur de mort dans la sensibilité délicate de ce poète. Ecoutez :

EPILOGUE

C'est l'automne, la pluie et la mort de l'année,
La mort de la jeunesse et du seul noble effort
Auquel nous songerons à l'heure de la mort :
L'effort de se survivre en l'Œuvre terminée.

Mais c'est la fin de cet espoir, du grand espoir,
Et c'est la fin d'un rêve aussi vain que les autres ;
Le nom de Dieu s'efface aux lèvres des apôtres
Et le plus vigilant trahit avant le soir.

Guirlandes de la gloire, oh ! vaines, toujours vaines !
Mais c'est triste pourtant quand on avait rêvé
De ne pas trop périr et d'être un peu sauvé
Et de laisser de soi dans les barques humaines.

Las : la rose de moi, je la sens défleurir,
Je la sens qui se fane et je sens qu'on la cueille.
Mon sang ne coule pas ; on dirait qu'il s'effeuille...
Et puisque la nuit vient, — j'ai sommeil de mourir.

Dans presque chacun de ses poèmes, la mort revient, et non seulement l'idée, mais le mot :

Douceur du soir ! Douceur de la chambre sans lampe !
Le crépuscule est doux comme une bonne mort
Et l'ombre lentement qui s'insinue et rampe
Se déroule en pensée au plafond. Tout s'endort.
Comme une bonne mort sourit le crépuscule...

Et encore, dans une petite pièce de vers bien jolie, d'ailleurs :

En province, dans la langueur matutinale,
Tinte le carillon, tinte dans la douceur
De l'aube qui regarde avec des yeux de sœur,
Tinte le carillon, — et sa musique pâle

S'effeuille fleur à fleur sur les toits d'alentour,
Et sur les escalier des pignons noirs s'effeuille
Comme un bouquet de son mouillé que le vent cueille
Musique du matin qui tombe de la tour,
Qui tombe de bien loin en guirlandes fanées,
Qui tombe de Naguère en invisible lis,
En pétales si lents, si froids et si pâlis,
Qu'ils semblent s'effeuiller au front mort des années !

La mort est au fond de l'âme du poète des villes mortes. Cela lui est devenu un mot de tendresse, un mot d'amour, un mot de douceur !

II

ÉMILE VERHAEREN

II

ÉMILE VERHAEREN

Vers 1885, au temps des premiers essais de l'école symboliste, qui devait devenir la littérature française moderne tout entière ou peu s'en faut, il y avait sans doute quelques écrivains belges, on ne peut guère parler d'une littérature belge. C'est au cours des années qui vinrent qu'elle se dessina, puis s'affirma, groupée autour de quelques noms qui avaient lentement conquis le monde entier. Maeterlinck fut le premier nom qui passa les frontières ; le second fut

Verhaeren. Tous deux étaient nécessairement des poètes, car il n'est pas d'écrivain véritable qui n'ait d'abord commencé par être poète ni qui ne le soit resté dans ses manières de sentir la vie, mais tandis que Maeterlinck donnait à sa pensée la forme dramatique qui devait rénover le théâtre même, la pliait à des essais philosophiques où tant d'esprits devaient trouver une consolation que ne leur versait pas l'art pur, Emile Verhaeren, en communion plus directe avec la vie, ne demandait qu'à ses dons de poète l'exercice de ses facultés tumultueuses.

Verhaeren, en effet, homme très doux et timide, issu d'une race pacifique, commerçants et industriels, est par excellence le poète tumultueux et grandiloquent. Pour l'ampleur de la métaphore, la richesse tourmentée du verbe, c'est le seul poète d'aujourd'hui que l'on puisse sans ridicule comparer à Victor Hugo, dont il a aussi les aspirations humanitaires et la philosophie spiritualiste. Mais naturellement ce n'est là qu'une comparaison toute de superficie et destinée à montrer sous la diversité des tempéraments, la parenté des talents. Cela veut surtout dire que Verhaeren est quelqu'un.

Né aux environs d'Anvers, élevé dans un milieu à la fois bourgeois et mystique, le jeune homme, au cours de sa vie d'étudiant, puis d'avocat stagiaire, qu'il passa à Louvain et à Bruxelles, manifesta des goûts plutôt littéraires que juridiques et le jour arriva très vite où, rompant avec la basoche, il publia son premier recueil de vers, les *Flaman-*

des. Du coup son tempérament s'affirmait. C'était bien, et non seulement par le titre, la poésie d'un Flamand, qui aimait tout de sa terre natale, depuis les arômes champêtres jusqu'aux coiffes des paysannes. Flamand par l'âme, par les yeux, non par la langue, car on ignorait même le flamand dans sa famille et il ne l'apprit un peu que sur les bancs de l'école. Profitons de l'occasion pour dire que certaines incorrections qu'on a relevées dans son style ne viennent nullement d'une culture flamande originelle. Je le tiens de lui-même. Elles furent volontaires, elles se rattachaient à une esthétique trop personnelle, dont il n'est pas loin de regretter l'excessive liberté, mais ne lui étaient nullement imposées par le milieu. Je répète ses paroles, mais je me rends compte de ce qu'elles renferment d'illusion. La volonté n'est peut-être que la conscience d'une tendance très forte. Un homme né et élevé en pays flamand, en contact perpétuel avec les gens du terroir, ne peut ni parler, ni écrire le français comme un habitant de Saint-Cloud. Je dis Saint-Cloud parce que c'est là que Verhaeren habite depuis longtemps une partie de l'année. Lui-même s'en rend compte sans doute, mais il tient à sa théorie de l'incorrection volontaire. Après tout, comme cela vaut mieux que la banale correction académique, il ne faut pas insister, prenons Verhaeren tel qu'il est, avec ses manquements ingénus et ses coups de génie.

On n'est pas surpris de constater que la première œuvre de ce grand idéaliste soit empreinte d'un réalisme souvent un peu vulgaire et un peu naïf. Victor Hugo suivit d'abord le mode classique. On est toujours l'élève de ses premières lectures ou de ses premières impressions. Verhaeren ne pouvait être d'abord qu'un poète de la terre flamande, mais à mesure que ses idées s'élargirent, à mesure qu'elles se firent plus profondément humaines, plus européennes, selon la formule de Nietzsche, elles ne se dégagèrent pas entièrement du sol natal. « Quoi qu'il ait écrit depuis lors, dit un critique belge, M. Albert Mockel, il est resté au fond de lui un rude arôme de cette terre qu'avaient connue ses premières promenades, et ses livres les plus récents éclairent à nouveau la vision des *Flamandes*, mais cette fois transposée, grandie, énorme... »

Dans une étude d'ensemble sur Verhaeren, mais un peu brève et trod sommaire, il faut presque négliger sa seconde œuvre. *Les Moines,* bien que cela soit une de ses œuvres les plus harmonieuses, et bien qu'elle se rattache étroitement à des souvenirs d'enfance du poète. Il y avait non loin de sa maison, à Bornhem, un couvent de trappistes qu'il allait souvent visiter avec son père : d'où des souvenirs qui se précisèrent un jour jusqu'à l'obsession, coïncidèrent sans doute avec une crise de mysticisme juvénile. D'ailleurs, ces *Moines* sont avant tout des moines flamands. En les mettant dans son œuvre, il restait logique avec lui-même. Il paraît cependant qu'il n'aime plus beaucoup ce livre. Ni moi non plus, il y a trop de déclamation.

Si les *Moines* étaient, comme on l'a dit, un retour vers l'idéal religieux par un jeune homme inquiet et en quête de consolations, il ne paraît pas que les consolations aient été bien abondantes ni bien efficaces, car voici venir une trilogie de désespoir, où parfois il semble qu'ait sombré jusqu'à la raison du poète. Nous sommes en 1887. Cette crise mauvaise ne s'achève qu'en 1891. Après les *Soirs*, les *Débâcles*, les *Flambeaux Noirs*, parut enfin un livre au titre singulier, les *Apparus dans mes chemins* où l'on retrouve enfin quelque sérénité. La trilogie est vraiment sinistre. On y est accablé par le sentiment de la misère morale, de l'abaissement, de l'inutilité de l'homme,

> Et la crainte saisit d'un immortel hiver.

C'est une sorte de fin du monde, de fin de tout, d'écrasement des esprits, comme des corps, sous les yeux « d'un grand Dieu glacial et splendide ». Il règne un tel désespoir dans cette vision, sans cesse renouvelée en sa forme mais identique en son essence de l'horreur universelle, qu'il semble au poète que sa raison vacille, s'évanouit, tombe. Cela est dantesque, peut-être. Ou peut-être absurde. Elle flotte, et, dit Albert Mockel, qui a essayé de mettre quelque logique dans cette vision multiforme, sur le fleuve sans fin morne cadavre, elle dérive. Elle s'en va vers les mauvais hasards. Laissant derrière elle inassouvie, la ville immense de la vie, elle passe vers la nuit incertaine, s'en va dormir, dans les tombeaux du soir.

Là-bas où les vagues lentes et fortes,
Ouvrant leurs trous d'illimité,

Engloutissent à toute éternité
Les Mortes.

Avec les *Apparus* nous sortons peu à peu du chaos, du doute, du désespoir,

Un clair arc-en-ciel d'or à l'Orient grandit.

Nous retrouvons l'humanité et, autour de l'humanité, la nature :

L'herbe est heureuse et la haie azurée...
L'ombre même n'est qu'un essor
Vers les clartés qui se transposent
Et les rayons calmés reposent
Sur les bouches des lilas d'or.

Encore que l'on ne comprenne pas très bien, mais la poésie est-elle faite pour être comprise ? on ressent quelque plaisir à errer parmi ces choses lumineuses. Mais Verhaeren ne nous y maintiendra pas longtemps, car voici les *Campagnes hallucinées.* Il faut traduire. Ce ne sont pas les campagnes qui sont hallucinées, mais le poète qui va les revoir, comme au temps des *Flamandes.* et qui n'en trouve plus que le fantôme. Les portes des maisons vides sont ouvertes, les champs sont retournés en friche, les chemins ont disparu sous une végétation de hasard et, rappel des anciens travaux et des anciennes prospérités, dans un coin de terre abandonné se dresse une bêche, plantée toute droite, symbole des labeurs oubliés. Les hommes ont délaissé les campagnes, tous ont fui vers les villes, celles qu'il appellera dans une œuvre suivante, les *Villes tentaculaires*, les villes qui happent les travailleurs des champs par l'appât du plaisir, de l'alcool, de l'argent. C'est le grand problème économique du dépeuplement des campagnes traité par un poète. Mais ce n'est pas un traité, c'est une vision. Le poète contemple non ce qui est, mais ce qui serait dans l'avenir si ce mouvement continuait. Et n'y a-t-il pas quelque chose de prophétique dans cette vision d'horreur et de désert ? Vingt ans, il n'y a que vingt ans de cela et la Belgique est ravagée et dépeuplée, sans métaphores, les champs sont abandonnés, la population a fui non vers les villes industrielles, qui n'existent plus, mais vers les terres étrangères, hospitalières à sa détresse. Il faut peut-être lire Verhaeren, comme on lit un prophète. Voyez le titre d'un autre de ses poèmes, *Villages illusoires*. N'est-ce pas l'état même de ce pays dont les villages ne sont que ruines et ruines incendiées, que cendres, que débris fumants ? Et comment les campagnes ne seraient-elles pas hallucinées après ce qu'elles ont vu, après ce qu'elles ont souffert, après ce vent de folie et de carnage qui les a traversées ? Je n'ose pas poursuivre une analyse qui n'a plus la force d'être littéraire et qui à chaque pas trébuche dans le présent, dans les horreurs du présent. Lisons :

La ruine s'installe...
Ce qui lui reste encore d'ardeur dans l'agonie...
Renaîtront-ils, ces champs ?..

En attendant, voici l'exode :

Le lent défilé des trains funèbres
Commence, avec ses bruits de gonds,
Et l'entrechoquement brutal de ses wagons,
Disparaissant, tels des cercueils, vers les ténèbres...

Assez de ces laides visions, que nous aisons plus laide s encore en y mêlant invinciblement les réalités présentes. Je voudrais, et le portrait s'achèvera mieux sous des touches plus agréables, montrer un autre Verhaeren, celui de la grâce, toujours un peu rude, et celui de la douceur, une douceur où se mêle toujours quelque grandeur.

C'est à partir de la seconde étape de son voyage à travers la vie que Verhaeren semble avoir compris pleinement la valeur de la tendresse et s'est efforcé de l'exprimer d'une façon de plus en plus directe, de plus en plus simple. C'est un phénomène assez constant. Le jeune homme s'attache aux idées, à la logique, aux conceptions idéales et ce qui est humain, purement humain, s'il en est touché, n'a pas de répercussion profonde en lui. Dans sa ferveur, il ne goûte que ce qui est difficile, ce qui lui a demandé un effort intellectuel, et il est porté à mépriser l'expression du sentiment, comme une chose vulgaire et vraiment, croit-il, trop à la portée de tout le monde. Ce n'est qu'en avançant vers la maturité, en pénétrant davantage dans la vie, qu'il s'aperçoit que le sentiment seul comble ce vide étrange qui peu à peu se creuse dans l'homme et que ne réussit à remplir aucune méditation, aucun rêve intellectuel. On découvre un jour la pitié, la bonté, la tendresse, l'amour, c'est à dire en somme, l'égoïsme, car de qui a-t-on pitié si ce n'est de soi-même et qui aime-t-on d'abord, si ce n'est sa propre vie, plus fragile à mesure qu'elle s'écoule ? Le premier Verhaeren semblait tout à fait dénué de ces sentiments élémentaires qui appellent la sympathie, parce qu'ils sont pétris dans la sympathie. On ne pouvait alors communier avec lui que sous les espèces intellectuelles, mais voilà qu'il s'est métamorphosé et que chez lui l'intelligence est soudain devenue sentiment. Il ne cherche plus tant à comprendre la vie qu'à la sentir. Il raisonne moins. Il est davantage ému. Les choses pénètrent en lui par les sens aussi et non plus par la seule intelligence. Voyez dans le recueil intitulé la *Multiple Splendeur* le morceau qui s'appelle *Le Matin*. C'est une suite de sensations. Il raisonne encore, mais c'est au moyen de sensations qu'il porte au sublime et à la sérénité, tout à fait à la manière de Walt Whitman, mais avec une vision plus lumineuse des choses. Et notez cet aveu :

Il me semble jusqu'à ce jour n'avoir vécu
Que pour mourir et non pour vivre :
Oh ! quels tombeaux creusent les livres
Et que de fronts armés y descendent vaincus !

Ici nous avons un Verhaeren qui découvre la vie et qui se repent, comme tous les poètes d'abord trop intellectuels, trop livresques, de l'avoir découverte trop tard. Je ne voudrais pas dire qu'il y a eu en Verhaeren un changement d'âme. Non, à quelqu'époque qu'on le prenne, c'est bien toujours le même homme. C'est la même fleur, mais d'abord fermée et un peu rébarbative ; ensuite épanouie, éclatante et qui répand les plus riches odeurs. Ses derniers recueils, *Multiple Splendeur*, *Visages de la vie* sont remplis des plus beaux vers, qui sont comme des sanglots par quoi l'organisme trop comprimé se distend et se décharge, sanglots de pleurs, dirais-je, et sanglots de rire, mais surtout sanglots de vie où l'on distingue l'étonnement et la joie de s'être enfin trouvé. Je n'ai aucunement connu Verhaeren au temps de sa jeunesse, mais je sais qu'il inspirait une grande admiration à ses amis. On sentait en lui non seulement une force actuelle, mais une force future et on lui prédisait les destinées qu'il a remplies. Il entrait dans la gloire définitive, les malheurs de sa patrie ont avancé l'heure. Le monde entier sait maintenant que ce petit pays persécuté par la force brutale avait nourri les plus grands esprits, des Maeterlinck et des Verhaeren. Il sait aussi, ou il saura demain, car on ne lui a pas encore dit assez haut, que derrière ces étendards s'avançaient, comme en une riche procession flamande, les banderolles et les fanions portés par les van Lerberghe, les Grégoire Leroy, les Elskamp, les Mockel aussi et les Eekhoud, les Henry de Groux et les Constantins Meunier, lesquels, wallons ou flamands, poètes ou conteurs, artistes ou rêveurs, faisaient de la Belgique une terre de magnifique fécondité. Vingt autres, j'en nommerais vingt autres et plus encore qui puisaient dans ce riche petit pays la sève de leur cerveau. La Belgique était certainement le plus beau petit royaume de l'Europe et celui dont la civilisation pouvait être le plus fière. Ce qu'on savait moins encore c'est qu'il contenait un héroïsme latent qui a fait la fierté du monde.

Je ne mêlerai pas d'autres considérations politiques à une étude purement littéraire. J'ajouterai seulement que Verhaeren, Maeterlinck et ceux que j'ai nommés ensuite et d'autres encore doivent être considérés par les Belges comme les fondateurs de la personnalité littéraire de la Belgique. Tout en écrivant en français, ces écrivains, si variés de ton et d'inspiration, sont demeurés foncièrement attachés à leur pays natal. Comme le demandait un homme éminent de là bas, Edmond Picard, ils n'ont pas à rougir des belgicismes qui parfois se rencontrent en leur style. Cela, c'est la preuve même de leur ingénuosité. Quelques-uns des meilleurs écrivains français de France ont laissé dans leurs écrits la marque de leur attachement à leur province d'origine. Tout en étant un bon écrivain français, Barbey d'Aurevilly était aussi un bon écrivain normand et les mots et les locutions de

Normandie le rappellent sans cesse à ses lecteurs. Sa valeur n'en est pas pour cela diminuée, elle en est même augmentée, car c'est d'une belle indépendance d'esprit que d'apporter au milieu des Parisiens moqueurs cet accent du terroir, cette boue du pays attachée à ses souliers provinciaux. Quand les écrivains belges vont retrouver leur patrie, qu'ils n'oublient pas le conseil d'Edmond Picard, qu'ils soient belges sans cesser de puiser au patrimoine français, qu'ils écrivent la langue de leur éducation mais qu'ils ne rougissent pas si elle est parfois teintée de belgicisme, trempée dans les originalités locales. Qu'ils suivent l'exemple de Verhaeren qui n'a emprunté à la France que son langage et quelques idées générales, mais qui n'a cessé de peindre la nature qui l'environnait, la nature flamande. Cela est peut-être la preuve de sa grande originalité qu'on retrouve à chaque pas dans son œuvre poétique la couleur d'un Jordaens, la richesse d'un Rubens. Sa race a parlé en lui plus haut que sa culture. Avant même d'être un poète, il est un indigène des Flandres et il a ramené presque toutes ses peintures de la vie, à des peintures de la vie flamande. Ainsi procèdent certains poètes et certains romanciers qui ont besoin pour façonner leurs rêves ou leurs personnages d'une réalité parfaitement concréte. On les appelle pour cela des réalistes, ce qui ne signifie pas qu'ils n'aient su voir que ce qui est au détriment de ce qui s'imagine. Mais ils sont ainsi faits qu'ils ont besoin d'un point de départ, d'où s'élever. Ainsi certains grands oiseaux rasent la terre longtemps avant de prendre péniblement leur vol et de planer dans les espaces. Verhaeren est de ceux-là.

III

VAN LERBERGHE
ET LES AUTRES POÈTES

III

VAN LERBERGHE ET LES AUTRES POÈTES

J'ai parlé d'abord de Rodenbach et de Verhaeren, parce que ce sont les plus connus parmi les poètes belges, ceux dont les noms sont le plus familiers aux lecteurs européens. Tandis que les uns en sont restés à l'auteur du *Règne du Silence*, pour les autres, probablement les plus nombreux, Verhaeren, représente presque en sa totalité, le mouvement de la poésie en Belgique. Mais ils eurent des contemporains immédiats, de même qu'ils ont eu des successeurs. Rodenbach est incontestablement le premier en date, et s'il subit assez légèrement d'ailleurs l'influence de Baudelaire et moins celle de François Coppée, il échappa presque totalement à celle du Parnasse, qui régnait alors. Elle est prépondérante au contraire dans tous les autres poètes belges qui débutèrent à cette époque. De Théodore Hannon dont j'ai cité en passant les *Rimes de joie*, il y a peu de chose à dire. Ce n'est pas un disciple mais un imitateur de Baudelaire, dont il prend jusqu'aux mots familiers. A cause de cela, peut-être, son livre est très curieux. Il ne manque pas de talent technique, mais voyez, il transpose :

Sachant mon dégoût libertin
Pour ce que le sang jeune éclaire

De son hématine, — un matin,
Tu te maquillas pour me plaire.

Tu connais le bizarre aimant
Et les attirances damnées
Qu'ont pour moi les choses fanées
Troublantes désespérément ;

Boutons d'un soir morts sur la tige,
Larmes des aubes sans lueurs,
Parfums éventés et tueurs
Sur lesquels mon âme voltige.

Décidément ce qu'il y a de meilleur dans ce livre, c'est la préface de Huysmans et le frontispice de Rops, lesquels le sauveront de l'oubli.

Iwan Gilkin est également un baudelairien, mais beaucoup moins servile. Son volume *La nuit*, a pareillement des odeurs de transposition. C'est toujours une nouvelle version des *Fleurs du mal,* mais un peu plus ingénieuse.

> La sottise, l'erreur, le péché, la lésine,

dit Baudelaire. Et Gilkin :

> L'avarice, le vol, la ruse, et la luxure.

Camélias rappelle vraiment trop *la Chevelure*. Il ne suffit pas de dire : *mer nocturne* au lieu de dire *noir océan* pour donner une impression de nouveauté, bien au contraire. S'il avait appelé son livre « Variations sur les Fleurs du mal », on pourrait en louer l'habileté.

Albert Giraud a joué le même jeu avec les sonnets de Hérédia. Même habileté, même impression de malaise et de déjà vu pour le lecteur. Pourtant il y a autre chose en lui qu'un imitateur et comme le dit M. Heumann, il ne se départit jamais de sa qualité maîtresse, la distinction. Voici un quatrain où il exprime noblement la doctrine même du Parnasse :

> La multitude abjecte est par moi détestée.
> Pas un cri de ce temps ne franchira mon seuil :
> Et pour m'ensevelir loin de la foule athée,
> Je saurai me construire un monument d'orgueil.

Valère Gille est bien le frère des deux précédents. *Sa Cithare* eut des honneurs académiques. « Estimons tous ces poètes, dit M. Heumann, pour des ouvriers probes. Mais comme ils manquent de tempérament, de vie ! Ils se figent dans l'imitation fade des parnassiens ou tentent de se composer une sensibilité à la Baudelaire. La perfection de leur métier n'a d'égale qu'une impersonnalité dont, depuis l'abbé Delille, peu de poètes avaient donné la preuve. »

Pour nous remettre un peu le cœur après toutes ces imitations plus ou moins « distinguées », écoutons ici les vers d'un poète qui trouva plus de gloire à manier la prose de ses essais, de son théâtre, mais qui en avait donné d'abord et de charmants. Je veux parler de Maeterlinck et de ses *Serres chaudes* :

> Mon âme est malade aujourd'hui,
> Mon âme est malade de l'absence,
> Mon âme a le mal des silences
> Et mes yeux s'éclairent d'ennui.

Cette poésie ne serait pas très loin de celle de Rodenbach, si elle ne s'enrichissait d'un élément nouveau : le symbole. Elle dit toujours plus de choses qu'elle n'en exprime directement. Il y a déjà sous le poète un philosophe :

A travers de tièdes forêts
Je vois la meute de mes songes,
Et vers les corps blancs des mensonges
Les jaunes flèches des regrets.

Passons à quelques poètes qui ne sont pas très éloignés de la mentalité de Rodenbach, quoique qu'ils aient peu subi son influence, Max Elskamp et Charles van Lerberghe, l'un né à Anvers, l'autre né à Gand, tous deux ainsi que l'affirme leur nom, de souche flamande, également d'un mysticisme ingénu, mais chez le premier purement chrétien et d'imagerie, chez le second avec des tendances souvent païennes. Malgré son mysticisme, Elskamp aime la vie et la trouve belle. Il a précisément réuni ses poèmes sous ce titre significatif : *La Louange de la vie*. Van Lerberghe, malgré ses penchants païens, n'en aime que l'ombre lumineuse. La réalité n'est rien pour lui qu'un point de départ, un prétexte à des rêveries étranges quelquefois :

Un pauvre homme est entré chez moi
Pour des chansons qu'il venait vendre ;
Comme Pâques chantait en Flandre
Et mille oiseaux doux à entendre,
Un pauvre homme est entré chez moi...

Or, pour ces chansons, les voici,
Comme mon âme, la voilà,
Saint Cécile, entre vos bras ;
Or, ces chansons, bien les voici
Comme voilà bien mon pays.

Où les cloches chantent aussi
Entre les arbres qui s'embrassent
Devant les gens heureux qui passent,
Où les cloches chantent aussi
Des dimanches aux samedis ;

Et c'est pour toute une semaine
Qu'ici mon cœur sur tous les tons,
Chante les joies de la saison,
Et c'est toute une semaine
Où chaque jour a sa chanson.

Ainsi chante le charmant Elskamp, qui ne quitta presque jamais sa ville natale, qui voulut y cueillir chaque jour un de ces petits bonheurs qui suffisent au cœur simple.

Van Lerberghe a donné pour titre à son premier volume de vers *Entrevisions*, marquant bien qu'il ne veut garder des choses et des êtres qu'il rêve que des demi-souvenirs, que des aspects fugitifs et changeants comme le spectacle même de la vie. Il voit tout en images, mais en images à peine dessinées, quoique avec une délicatesse et une grâce infinies et ses pensées ne s'expriment jamais qu'en allusions : il semble qu'il n'ait fait que les entrevoir. C'est un poète bien singulier, d'un mysticisme qu'on pourrait qualifier de plastique, mais d'un plastique qui reste noyé dans un brouillard de lumière, comme a dit de lui un autre poète Fernand Séverin :

> Dans ma barque d'Orient
> S'en revenaient trois jeunes filles ;
> Trois jeunes filles d'Orient
> S'en revenaient en barque d'or.

Ainsi commence lumineusement une des *Entrevisions* de Van Lerberghe. Il y a toujours des jeunes filles devant ses yeux, mais il ne sait pas en garder bien longtemps la contemplation. Celles-ci viennent d'Orient, elles n'arriveront jamais, elles ont peur sans doute des brouillards des Flandres :

Mais une qui était blonde,
Qui dormait à l'avant,
Dont les cheveux tombaient dans l'onde
Comme du soleil levant,
Nous rapportait, sous ses paupières,
La lumière.

Il n'est pas sûr qu'elle ait entr'ouvert les yeux plus d'un instant. L'entrevision n'a été qu'un rêve. Comme ceci :

A quoi dans ce matin d'avril,
Si doux et d'ombre enveloppée
La chère enfant au cœur subtil
Est-elle ainsi tout occupée ?
La trace blonde de ses pas
Se perd parmi les grilles closes...
Je ne sais pas, je ne sais pas !
Ce sont d'impénétrables choses...

Il y a beaucoup d'impénétrables choses dans cette poésie d'ailleurs presque toujours délicieuse. Un second volume de vers, qui est un volume complet, la *Chanson d'Eve*, contient encore beaucoup d'imprécis, mais les intentions du poète du moins sont très claires. Il veut peindre l'éveil à la vie, au rêve, à l'amour, d'une jeune fille. Puis de l'amour elle passe à la tristesse de savoir ce qu'elle était si heureuse de désirer. Quand il n'y a plus pour elle de mystère, il n'y a plus de bonheur et elle appelle la mort. La visite d'Azraël sera sa dernière joie :

Il souffle la flamme, éteint le bruit,
Met le silence de sa bouche
Sur la bouche qui sourit,
Et pose doucement, sur le cœur qui s'apaise,
Sa main qui ne pèse
Pas plus qu'une fleur.

Il n'est guère de poème plus rempli de vers adorables :

Or, Vénus une nuit vint m'apporter des roses.

La mélodie des sirènes est délicieusement sensuelle ; on les voit glisser sous la vague et l'une

Désire l'autre et cherche aux profondeurs des flots
Celle dont le parfum fit plus tiède les eaux,
Et dont le cri voilé lointainement appelle,
Et soudain toutes deux se trouvent et se mêlent
Comme deux vagues qui se rencontrent et roulent
Ensemble, écument, crient, éclatent et s'écroulent.
Et sans doute est-ce là ce qu'on nomme l'amour.

« Poète de l'ineffable », a dit de lui son ami et son biographe, son explicateur, Albert Mockel. Chez lui tant de trésors échappent à la critique et ne relèvent que du cœur. Il faut lire sa *Chanson d'Eve* et ne pas la commenter. Elle ne peut vraiment se comparer à rien (sauf à la poésie de Dante Gabriel Rossetti, dit justement en note M. Heumann de qui j'emprunte cette citation) ni à une peinture de Botticelli, ni à une symphonie; elle est bien un peu tout cela, mais surtout, dans une atmosphère diaprée et irisée, l'éternelle chanson de l'âme humaine... En elle se devinent les velléités, les indécisions, les pudeurs, les désirs, les témérités, les triomphes, les ivresses de la vie, puis ses désillusions, ses lassitudes... Le paganisme de van Lerberghe est nimbé d'un mysticisme édifiant, les descriptions capiteuses de son éden semblent purifiées par la caresse des anges et les voluptés terrestres comme spiritualisées... A l'admirable *Chanson d'Eve*, je dois d'avoir éprouvé, peut-être, le sens mystérieux de ces mots: « Puissance de la grâce ».

De poètes, la Belgique était pleine,

plus riche peut-être que tout autre pays, car voici encore Grégoire Le Roy, Fernand Séverin, André Fontainas, Mockel, Braun et bien d'autres. On ne s'étonne pas de retrouver dans le premier un peu de l'âme de ceux dont je viens de parler ; il est de la même terre, il a eu la même éducation, les mêmes amis. Ce que je trouve en moins chez lui, c'est le mysticisme et ce que je trouve en plns, oui, peut-être plus qu'en Rodenbach lui-même, c'est la tristesse, une tristesse profonde et parfois poignante. C'est peut-être le plus personnel des poètes belges et celui qui s'est regardé vivre avec le plus d'attention. Comme son ami Maeterlinck, il aime la solitude et contemple la vie avec désenchantement et rêve sans peur à la mort. Le poème où il l'appelle *La dernière*

Visiteuse est un des plus beaux que je connaisse :

Et maternellement, comme l'eût fait ma mère,
Après m'avoir parlé quelque temps du bon Dieu,
La chère me dira : « Veux-tu dormir un peu ? »
Et, content de rêver, je clorai ma paupière.

Il y a plus de sourires dans la poésie de Fernand Séverin, qui nous vint des environs de Namur et la tristesse n'y dépasse point la mélancolie. La philosophie y est plus douce et peut-être plus sage, mais qu'est-ce que la sagesse ? J'en dirais autant des poèmes de M. Fontainas, où le détachement alterne avec un goût décidé de la vie, mais je ne le dirais pas des poèmes de M. Mockel, qui est plutôt un chercheur de rythmes, un artiste délicat qu'un amateur de sentiments.

Et je n'ai parlé ni de Thomas Braun ni de Ramaeckers, de Victor Kinon poètes qui dépassent le mysticisme artistique et qui s'apparentent vraiment aux vieux poètes franciscains. Et voici encore Jean Dominique, qui est une femme et dont les poèmes « sont d'une transparence presque irréelle à force de subtilité », et encore Isi Collin, Paul Gérardy, Georges Rency, Georges Marlow, Louis Piérard, Maurice Gauchez et tant d'autres qui, flamands ou wallons, ont fait de la Belgique une des plus fécondes provinces de la poésie française.

Mais pour finir, quel merveilleux et mélancolique à propos ne trouverai-je pas dans ces vers de Paul Spaak :

Oui ! Sois de ton pays ! Connais l'idolatrie
De la terre natale ! Et porte en toi l'orgueil
Et le tourment de ses jours de gloire et de deuil.

IV

CAMILLE LEMONNIER ET LE ROMAN

IV

CAMILLE LEMONNIER ET LE ROMAN

Verhaeren n'est pas toute la poésie de la Belgique, pas plus que Maeterlinck n'en est toute la philosophie ni tout le dramatique. Ils sont, à cette heure, les plus hauts représentants de la Belgique littéraire, mais ils ne furent pas les premiers en date. J'ai parlé du mouvement poétique avant et après Verhaeren, je songe maintenant à l'art de la prose, au développement de la pensée avant et après Maeterlinck. Avant lui, un homme fut célèbre qui se manifesta comme romancier : Camille Lemonnier, au temps du naturalisme fut un homme considérable et dont il est resté plus, beaucoup plus qu'un souvenir. Sans doute, il imita souvent la manière d'Emile Zola, mais plus d'une fois il le devança dans ses conceptions et se posa devant lui, non en élève, mais en maître. On se rappelle le roman célèbre de Zola, *la Débâcle*, il fut certainement inspiré par une des premières œuvres de Camille Lemonnier, *les Charniers*, dout le thème était le champ de bataille de Sedan. Si je veux en parler quelque peu ici, c'est que rien n'est plus d'actualité et quand nous aurons des récits militaires de la bataille de Charleroi ou de la bataille de la Marne, on voudra les comparer à ces deux œuvres maîtresses, les *Charniers* et la *Débâcle.*

Les *Charniers* qui parurent d'abord sous un titre qui lui donnait la valeur d'un livre d'histoire contemporaine, *Sedan*, date de 1871 et eut un succès européen. L'auteur, au lendemain même de la bataille, était allé visiter le champ de carnage et il apportait toutes vives ses impressions d'horreur. Taine en fut fortement frappé et plaça du coup l'écrivain au rang des plus fougueux réalistes. Ces pages, a dit un autre critique, « écrites presque dans le sang, tout auprès de la mort et des infernales épouvantes du carnage, de la déroute et de la douleur, ont gardé toute la splendide horreur que le spectacle de la guerre peut faire naître dans une âme humaine. L'art de l'auteur, qui déjà s'y dénonce d'une surprenante maturité, y a distillé souverainement l'épouvante des tueries monstrueuses. Une immense douleur muette le traverse. « Je n'ai qu'une exécration, la guerre, celle-là est indestructible en moi, comme mon âme et mon nom d'homme libre. » Qu'aurait dit l'écrivain, mort l'an passé, s'il lui avait été donné de prévoir que la guerre allait envahir le pays et la maison même où il vivait et que n'aurait-il pas ajouté à ses *Charniers* s'il avait survécu !

Il aurait été d'autant plus effaré par les évènements actuels que c'était un sédentaire, qu'il n'avait presque jamais quitté la Belgique, qu'il avait voué à son pays toute sa vie, toute son activité. Il ne venait qu'assez rarement à Paris et pour de brefs voyages. Il ne connaissait bien, en dehors de la Belgique et n'aimait que la Hollande, qui lui ressemblait tant, par certains côtés. C'est que

Lemonnier appartenait à une génération littéraire particulièrement laborieuse et consciencieuse, à cette génération naturaliste qui avait un tenace amour du travail. Ce n'est certainement pas un amateur de tourisme, un amateur de plaisirs exotiques qui aurait pu suffire à édifier l'œuvre considérable qu'il a laissée, comme critique d'abord, puis comme romancier. Mais s'il quitta rarement sa terre natale, c'est surtout parce qu'il lui portait un amour extrême, comme il l'a bien prouvé dans son magnifique ouvrage sur *la Belgique*, véritable monument qui, si elle devait disparaître, attesterait encore qu'elle fut, car elle y revit avec ses villes d'art, ses aspects champêtres ou forestiers, ses mœurs, ses légendes, tout ce qui donne à ce pays son aspect particulier. On retrouve cette même préoccupation descriptive dans ses romans, qui ne sont bons que s'ils ont pour cadre un coin de la terre ou un coin de la société belge. En ce sens il a bien été pour la Belgique un romancier national.

Il débuta par des contes flamands, puis vint *Un Mâle*, qui est demeuré célèbre et qui fonda sa réputation, mais surtout en tant que romancier naturaliste. « C'est, dit M. Heumann, l'hymne à l'existence libre, violente, sauvage, par les futaies et les taillis. Ce Cachaprés, quelle belle bête humaine ! D'instinct, il braconne, hait les gardes, aime les filles ; il fait vraiment partie de la forêt, comme les arbres, comme les plantes, comme les biches et ne raisonne guère mieux qu'eux. Dans ce roman tuméfié, par endroits, de rutilantes kermesses, mais sentant si bon les bois et les fermes, si parfumé de fleurs, si chantant de claires mélodies d'oiseaux, si miroitant de teintes subtiles et de colorations rares, rien ne semble artificiel. » On ne dirait pas volontiers la même chose de ses autres romans, de ceux qu'on pourrait appeler sociaux : *Happe-chair*, l'*Hystérique,* le *Possédé,* tant d'autres : « En de tels romans, bien qu'il demeure peintre puissant et prodigieux évocateur, Lemonnier, dirait-on, se fait violence pour brosser des toiles qui l'inspirent peu. » Laissons-les donc, même *Happe-chair*, qui devança *Germinal* dans la peinture des masses ouvrières pour nous attarder un peu à un autre roman dont le titre est bien un peu ambitieux, mais presque justifié, *Adam et Eve.* On refait toujours un peu son premier livre. Celui-là est une transposition d'*un Mâle*, mais avec des qualités nouvelles. C'est du Lemonnier définitif. *Adam et Eve* est resté jusqu'à la fin son livre favori, celui, dit M. Léon Bazalgette, son admirateur peut-être excessif, « dont il était le plus orgueilleux, sans doute parce qu'il exprima le plus clair et le plus intime de son idée et qu'il sut y communiquer, à un degré vraiment suprême, ce frisson de vie et de nature que le grand art a pour mission de faire éprouver. Nous sommes ici transportés par le romancier dans le plein air et la pleine solitude, où l'être humain, en s'écoutant vivre parmi tant d'existences animales et végétales, apprend à se mieux éprouver. Un homme à qui la vie fut cruelle a résolu de fuir les contacts sociaux et de recommencer son existence. Pour cela, il gagne la forêt, où il va s'efforcer de vivre et de penser avec ses propres forces. Peu à peu un calme se fait en lui, puis la joie, puis la conscience renaissent. Pour son existence il ne doit compter que sur l'effort de ses mains et de son cerveau. Les plus humbles travaux, étapes par où passa jadis la primitive humanité, se revêtent à ses yeux d'un sens éternel. Pour l'avoir écoutée, la vie s'empreint à nouveau pour lui de saveur et de signification. Un nouvel homme est né auquel la terre a communiqué ses toujours jeunes énergies et qui désormais connaît sa place dans l'univers dont il apprit le mot de la grande énigme : vivre. Ce vivant poème demeure, comme tous les grands livres, rebelle à l'analyse. Rien n'en saurait redire la majestueuse simplicité, la beauté profonde. La plénitude des sensations qu'il apporte, non plus que sa forme parfaite ne peuvent se définir. Cette pénétration de la nature apparente Lemonnier aux poètes les plus grands du panthéïsme. Je ne vois personne parmi les écrivains de langue française qui nous ait donné et qui puisse nous donner d'aussi fortes sensations de nature. « C'est, ajoute-t-il, un livre qui demeurera, dans la déroute de milliers d'œuvres contemporaines, comme l'incarnation, sous une forme éternelle, des tendances profondes d'un âge ». Même s'il fallait, et il le faut, atténuer un peu la hauteur de cet éloge, il en resterait encore assez pour montrer en quelle estime Camille Lemonnier a été tenu par les meilleurs de ses contemporains. Sans doute, répétons-le, tous ses romans ne valent pas celui-là ; comme tous les écrivains très féconds, on pourrait même dire trop féconds, il y a des livres inférieurs dans son œuvre, mais comment ne pas citer encore ses travaux multiples sur l'art national de la Belgique et noter aussi la grande influence qu'il eut sur les groupements littéraires de sa petite patrie ?

L'*Histoire des Beaux-arts en Belgique, de 1830 à 1887*, est, dit encore M. Bazalgette, l'historique du mouvement qui, en Belgique comme en France, entraina l'art moderne vers la nature et la vérité. Il y portraiture, avec sa manière vivante et forte, les grands artistes belges, de Stevens à Artan qui, pour la plupart, furent ses amis. Ces études, qui vont du détail le plus scrupuleux aux vastes synthèses, ont la largeur sereine qui convient au vrai historien et au critique philosophe. Elles ne sont pas même dépourvues d'une qualité bien imprévue chez un passionné et un instinctif comme lui : l'impartialité. C'est là vraiment un livre classique, au meilleur sens du mot, sur l'art moderne en Belgique. » Voilà donc bien des dons pour un écrivain. Il est maître dans la description, l'analyse des caractères, le jugement de l'œuvre d'art. Il n'est donc pas surprenant qu'il ait eu sur ses contemporains une véritable influence, surtout à une époque où la Belgique avait encore besoin d'un guide dans ses essais, car, il ne faut pas l'oublier, Camille Lemonnier vint avant même Verhaeren à un moment où ses compatriotes n'avaient qu'à peine conscience d'eux-mêmes et ne connaissaient pas encore les dons dont la nature les avait doués. Il n'y avait guère d'orginalité dans la production littéraire. Sa devise, bien haut proclamée, « Nous-mêmes ou périr », éveilla bien des aptitudes et bien des courages. A ce moment, Camille Lemonnier apparaît bien le chef et le père. Comme l'affirme énergiquement Edmond Picard, le célèbre critique belge, « il symbolisa l'activité littéraire belge de langue française dans son ensemble : de lui, sur lui, presque tout est sorti ou s'est appuyé directement ou indirectement ». Remarquons qu'il était né en 1844 et qu'à l'époque que vise ce jugement, presque rien de la Belgique littéraire moderne n'existait encore. Le meilleur jugement de Camille Lemonnier est celui qu'il a porté sur lui-même : « Je ne me suis jamais séparé des choses et des hommes qui m'entouraient ; j'ai eu la passion de la vie, de toute la vie mentale et physique. Si elle fut pour moi la cause d'erreurs nombreuses, elle fut aussi l'aboutissement des puissances de mon être et me valut des joies infinies. Peut-être avec un goût mieux calculé pour ses entraînements, aurais-je pu atteindre à des altitudes que je n'ai fait qu'entrevoir. J'ai le sentiment d'avoir été un homme, un simple homme de travail, de lutte et d'instincts, plus encore qu'un homme de lettres au sens exclusif du mot. J'ai vécu avec ténacité la vie des gens de mon pays. »

Bien avant la mort de Camille Lemonnier, dont la réputation avait un peu décliné et qui passait, ce qui n'est pas tout à fait exact, pour le dernier représentant, en Belgique, de l'école naturaliste (Lemonnier, dans ses bons jours, fut un homme de la nature plutôt qu'un naturaliste), des noms de romanciers avaient surgi en Belgique. Le premier de tous est Georges Eekhoud qui a écrit des nouvelles passionnantes, plusieurs romans, dont quelques-uns sont des merveilles d'observation, dont toutes les études, qu'elles soient de paysans de la Campine, qu'elles soient d'histoire locale, sont d'une belle originalité. Je n'en citerai qu'une ici, parce que le titre fera réfléchir : *Les fusillés de Malines* ! Dirait-on pas un épisode de l'histoire d'aujourd'hui. Je connais et j'aime presque tout ce qu'a écrit Eekhoud. Lui, il aimait Anvers, il aimait sa Campine. Il me semble maintenant l'historien d'un monde disparu. Un autre est Eugène Demolder, de réputation plus récente, mais encore solide, bien appuyée sur d'agréables contes, sur des romans qui sont des galeries de tableaux, où Breughel coudoie Metzis et Téniers, Fragonard. Il y a encore Georges Virès qui n'a de commun avec Eekhoud que son amour pour les choses et pour les êtres rudes de la Campine. Il y a aussi Louis Delattre qui a fait revivre les traditions et les contes d'une autre région, la Wallonie, Hubert Krains qui, lui aussi, a conté des amours rustiques ; Blanche Rousseau, dont l'art indécis est si charmant, Maubel, Mockel, André Ruyters et tant d'autres, car les conteurs abondent presque autant que les poètes dans cette Belgique, qui fut heureuse.

V

MAURICE MAETERLINCK

V

MAURICE MAETERLINCK

Le théâtre en Belgique se résume en un nom : *Maurice Maeterlinck.* Sans doute il y a eu quelques belles tragédies d'Emile Verhaeren, mais elle se rattachent à son œuvre poétique et n'en doivent pas être séparées. Il est peut-être même plus agréable de les lire que de les voir à la scène, ce qui ne leur a d'ailleurs été donné que rarement. Nommons le *Cloître*, et nommons *Hélène de Sparte,* images de civilisations très différentes qui montrent un don d'extériorisation exceptionnel chez un poète lyrique. Il y a aussi van Lerberghe dont on a présenté la petite pièce, *Les Flaireurs*, comme un prototype du théâtre de Maeterlinck. L'auteur de l'*Intruse* a noblement accrédité lui-même cette légende. M. Heumann dit à ce propos :

« Avant 1889, la nouvelle littérature belge ne comptait pas, pour ainsi dire, d'œuvres dramatiques ; à cette époque van Lerberghe et Maeterlinck l'enrichirent de petites pièces. Mais, contrairement à ce qui s'était passé en d'autres domaines, elles ne devaient rien ni à la scène française ni même à la culture française. *Les Flaireurs, La Princesse Maleine, L'Intruse,* révélaient le théâtre d'angoisse apportant ainsi une conception neuve, mais nettement septentrionale par son goût du symbole et du mystère.

A van Lerberghe revient l'honneur d'avoir créé ce théâtre d'angoisse. *Les Flaireurs*, écrits en 1888, parurent dans la *Wallonie*, en 1889. Il est intéressant de lire, à cet égard, la lettre que Maeterlinck écrivit lors de la « première » des *Flaireurs* au théâtre d'Art en 1892. Elle se trouvait insérée au programme en réponse à ceux qui accusaient van Lerberghe d'imiter Maeterlinck. La voici :

« Il importe d'éviter tout malentendu au sujet des *Flaireurs* de van Lerberghe, et d'assigner à l'initiateur et à celui qui n'a fait que suivre ses traces, leurs places respectives que des hasards aveugles auraient pu intervertir dans la pensée de plusieurs. Les *Flaireurs* parurent en janvier 1889 ; *La Princesse Maleine* fut publiée vers la fin du mois d'août de la même année et *L'Intruse* en janvier 1890. Je pense que ces simples dates suffiront à prouver tout ce qu'il faut prouver.

« *Les Flaireurs* ne ressemblent pas à *l'Intruse* mais *l'Intruse* ressemble aux *Flaireurs* et elle est fille de ceux-ci. Au reste, si le thème des deux drames est à peu près identique, on verra qu'il y a ici une puissance de symbolisation qu'on ne retrouve pas dans ma petite pièce, et je ne crois pas qu'un poète ait jamais plus souverainement obligé le monde extérieur à exprimer une idée qu'on n'y avait pas vue. Un étrange et grand rêveur a, pour la première fois, subitement et formidablement rendu visible le drame secret, unique, virtuel, et abominable, que nous recélons tous depuis notre naissance, et avec tant de soins inutiles, au plus profond de notre corps.

L'espace m'est trop strictement mesuré ici pour que je puisse parler comme il faudrait des trois sinistres émissaires de la mort, des trois coups sans écho qu'ils frappent à notre cœur ; de l'inconcevable affolement de la nature humaine, qui jusqu'au dernier moment essaie d'apaiser l'invisible et de fermer la porte à la nuit sans étoiles et sans heures ; et des admirables illusions de l'âme qui déjà n'a plus peur parce qu'elle est sur le point d'être seule, et qu'elle sait tout à son insu, et enfin de cette effrayante scène finale où la porte cède tout à coup à la pression de l'Eternité, et qui exprime si incomparablement la suprême mêlée de la vie et de la mort, la fuite illimitée de l'âme, la chute de l'espoir et l'invasion des ténèbres sans fin...

« Je suis profondément heureux, — car

quelle amitié n'est plus noble, plus précieuse et meilleure que toute littérature? — d'avoir eu l'occasion d'affirmer une fois de plus tout ceci, et de rendre cet hommage que je devais entre tant d'autres à une âme qui fut toujours la sœur aînée, l'éducatrice et la bonne protectrice de la mienne. Il m'a fallu le faire à son insu. »

Cette lettre est également flatteuse pour celui qui la rédigea et pour celui dont elle célèbre la louange. Mais l'amitié n'incline-t-elle pas Maeterlinck à s'exagérer l'influence de van Lerberghe sur son œuvre? Sans doute aurait-il, même sans *Les Flaireurs,* composé ses drames...

Je le pense, en eflet. Voici, comme m'apparaissait, dans sa première fraîcheur le théâtre de Maeterlinck :

« Il y a une île quelque part dans les brouillards, et dans l'île il y a un château, et dans le château il y a une grande salle éclairée d'une petite lampe, et dans la grande salle il y a des gens qui attendent. Ils attendent quoi ? Ils ne savent pas. Ils attendent que l'on frappe à la porte, ils attendent que la lampe s'éteigne, ils attendent la Peur, ils attendent a Mort. Ils parlent ; oui, ils disent des mots qui troublent un instant le silence, puis ils écoutent encore, laissant leurs phrases inachevées et leurs gestes interrompus. Ils écoutent, ils attendent. Elle ne viendra peut-être pas ? Oh ! elle viendra. Elle vient toujours. Il est tard, elle ne viendra peut-être que demain. Et les gens assemblés dans la grande salle sous la petite lampe se mettent à sourire et ils vont espérer. On frappe.

Et c'est tout ; c'cst toute une vie, c'est toute la vie.

En ce sens, les petits drames de M. Maeterlinck, si délicieusement irréels, sont profondément vivants et frais ; ses personnages, qui ont l'air de fantômes, sont gonflés de vie comme ces boules, qui semblent inertes et qui, chargées d'électricité, vont fulgurer au contact d'une pointe ; ils ne sont pas des abstractions, mais des synthèses ; ils sont des états d'âme ou plus encore, des états d'humanité, des moments, des minutes qui seraient éternelles : en somme ils sont réels, à force d'irréalité.

Une telle sorte d'art fut pratiquée jadis, à la suite du *Roman de la Rose*, par de pieux romanciers qui firent, en des livrets d'une gaucherie prétentieuse, évoluer des abstractions et des symboles. *Le Voyage d'un nommé Chrétien (The Pilgrim's Progress)*, de Bunyan, *le Voyage spirituel*, de l'espagnol Palafox, *le Palais de l'Amour divin*, d'un inconnu, ne sont pas œuvres totalement méprisables, mais les choses y sont vraiment trop expliquées et les personnages y portent des noms vraiment trop évidents. Voit-on sur quelque théâtre libre un drame joué entre des êtres qui se nomment Cœur, Haine, Joie, Silence, Souci, Soupir, Peur, Colère et Pudeur ! L'heure de tels amusements est passée ou n'est pas revenue : ne relisez pas la *Palais de l'Amour divin* ; lisez *la Mort de Tintagiles*, car c'est à l'œuvre nouvelle qu'il faut demander ses plaisirs esthétiques, si on les veut complets, poignants et enveloppants. M. Maeterlinck, vraiment, nous prend, nous point et nous enlace, pieuvre faite des doux cheveux des jeunes princesses endormies, et au milieu d'elles le sommeil agité du petit enfant, « triste comme un jeune roi » ! Il nous enlace et nous emporte où il lui plaît, jusqu'au fond des abîmes où tournoie « le cadavre décomposé de l'agneau d'Alladine », — et plus loin, jusque dans les obscures et pures régions où des amants disent : « Que tu m'embrasses gravement... — Ne ferme pas les yeux quand je t'embrasse ainsi... Je veux voir les baisers qui tremblent dans ton cœur ; et toute la rosée qui monte de ton âme... nous ne trouverons plus de baisers comme ceux-ci... — Toujours, toujours !... — Non, non : on ne s'embrasse pas deux fois sur le cœur de la mort... » A de si beaux soupirs toute objection devient muette ; on se tait d'avoir senti un nouveau mode d'aimer et de dire son amour. Nouveau, vraiment; M. Maeterlinck est très lui-même, et pour rester entièrement personnel, il sait être monocorde : mais cette seule corde, il en a semé, roui, teillé, le chanvre, et elle chante douce, triste et unique sous ses languissantes mains. Il a réussi une œuvre vraie ; il a trouvé un cri sourd, inattendu, une sorte de gémissement frileusement mystique (1). »

Plus tard, j'ai écrit encore, et je ne puis mieux faire que de reproduire ici mon dernier jugement, quoiqu'en l'abrégeant et en le modifiant sur quelques points.

« De tous les écrivains représentatifs de la période symboliste, Maurice Maeterlinck, qui est le plus célèbre, est aussi

(1) *Le Livre des Masques.*

un des plus originaux et celui dont l'influence sur les esprits a été la plus profonde et la plus durable. Il y a deux hommes en lui, le poète dramatique et l'essayiste, et tous les deux ont renouvelé également, dans la forme et dans l'essence, les sujets qu'ils ont abordés. Bien plus, on peut dire que Maeterlinck a renouvelé la vie, notre manière de sentir la vie. Il y a découvert toutes sortes de petits ruisseaux dont est fait le grand fleuve, toutes sortes de richesses ignorées dont il nous a appris à jouir, avant qu'elles aillent se perdre dans le courant de l'inconscience. Il y a une manière de regarder une rose qui meurt ou de regarder une vieille femme qui prie dans une église, une manière de découvrir de la poésie dans les actes les plus humbles et les plus coutumiers, une manière d'interprèter la vie, toutes les manifestations de la vie qui n'étaient pas possibles avant lui. Il a multiplié en nous les motifs d'émotion, il nous a appris à chercher la signification de tout, à communier avec tout ce qui a vie ou mouvement, et encore que cette méthode puisse conduire à la sensiblerie et à la préciosité sentimentale, il n'y est pas tombé ». « *Le Trésor des humbles*, dit M. Esch dans la récente étude qu'il vient d'écrire sur Maeterlinck, est un livre bienfaisant. Quand on l'a lu, on n'a pas appris beaucoup de choses nouvelles. Et pourtant c'est un de ceux que l'on aime à feuilleter le plus souvent. » Il faut s'entendre sur la signification de « choses nouvelles ». Si cela signifie des faits, des notions précises, la remarque est très vraie, mais si cela voulait dire par hasard des choses nouvellement vues, et vues avec des yeux nouveaux, ce serait faux, assurément. Ce livre, qui est comme la glose de ses premiers essais dramatiques, contiendra même toujours du nouveau, tant que notre éducation nous portera à ne considérer comme importantes que les choses exceptionnelles. Le jeune homme, à l'âge où l'on commence à réfléchir, à chercher le sens de la vie (cela arrive quelquefois après les premières voluptés, qui sont aussi les premières déceptions), s'il ouvre Maeterlinck, y découvrira un monde inattendu, au milieu duquel il vit pourtant, mais qu'il n'avait pas encore regardé, et il se sentira presque ébloui des merveilles que contenait son âme, à son insu. Et s'il l'ouvre encore à l'âge mûr, et encore vers le déclin, il s'y sentira, de même qu'à la première heure, renouvelé dans son sentiment de la vie, comme aussi dans ses regrets. Que de choses ont passé devant ses yeux, malgré les conseils du philosophe, inattentifs ! Que de trésors, même pour qui n'est pas humble, se sont écoulés autour de lui, sans qu'il ait songé à y tremper ses mains ! Il y a un réconfort à découvrir ce qu'on aurait dû faire ; cela nous donne une satisfaction d'esprit, et c'est pourquoi, même quand ils semblent devenus inutiles à la conduite de notre destinée, les essais de philosophie quotidienne de Maeterlinck nous sont à tout âge un bienfait. Les hommes d'ailleurs ne s'y sont pas trompés. *Le Trésor des humbles*, en particulier, est le livre de ce genre qui se vend le plus abondamment et le plus régulièrement même au pays d'Emerson, où la pensée de Maeterlinck a paru plus claire et mieux équilibrée...

On a dit que, dans sa jeunesse, Maeterlinck avait des tendances réalistes, et qu'il ne fut détourné de s'affilier au naturalisme, qui flattait ses instincts matériels de Flamand, que par une conversation de Villiers de l'Isle-Adam qui l'engagea à se tourner vers les études d'âme, vers ce mysticisme contre lequel lui-même ne luttait plus. C'est très vraisemblable. Et ceci montre une fois de plus la parité des points de départ des naturalistes qui eurent de la sensibilité et des symbolistes qui eurent un sens de la vie réelle. Les théories littéraires et artistiques de Maeterlinck laissent transparaître ce souci de relier toujours les états d'âme qu'il étudie, même féeriquement, avec les réalités les plus humbles. Son esthétique ne provient pas du romantisme. Elle est une interprétation mystique du réel, alors que le romantisme était une interprétation réaliste de l'idéal. Voyez ce programme pour un peintre, qu'il donne dans *le Tragique quotidien* : « Un bon peintre ne peindra plus Marius vainqueur des Cimbres ou l'assassinat du duc de Guise-parce que la psychologie de la victoire ou du meurtre est élémentaire et exceptionnelle et que le vacarme inutile d'un acte violent étouffe la voix profonde, mais hésitante et discrète, des êtres et des choses. Il représentera une maison perdue dans la campagne, une porte ouverte au bout d'un corridor, un visage ou des mains au repos. » Voilà le plan réaliste. Voici maintenant le plan mysti que : « ... et ces simples images pour ront ajouter quelque chose à notre conscience de la vie ; ce qui est un bien qu'il n'est plus possible de perdre. » Et le tout représente bien ce que Maeterlinck a voulu réaliser dans une partie de son théâtre.

Je dis une partie de son théâtre, parce que s'il est évident que *l'Intruse*, *les Aveugles*, *Intérieur*, répondent par leur simplicité extérieure à ce premier programme, plusieurs autres œuvres de la même période et surtout des périodes successives s'en éloignent beaucoup. C'est que tantôt il se laisse encore dominer par ses tendances réalistes, et tantôt il construit dans le pur domaine lyrique et chimérique. Ces deux manières sont contemporaines. Ce que nous connûmes de lui tout d'abord, montré sur la scène, ce fut l'œuvre du réaliste mystique, et d'abord ces *Aveugles*, dont les voix dolentes dans la nuit sonnent encore à nos oreilles, impression de réalisme fantastique. Mais déjà on avait pu lire *la Princesse Maleine* et s'y imprégner d'un irréel nouveau et hallucinant, où se trouvait comme resserré et rendu visible tout ce qu'il y a de fantomatique dans l'âme de ces paysages du nord, vus et sentis par une imagination maladive, imprégnée jusqu'au frisson du décor shakespearien d'*Hamlet* et du *Roi Lear*. Sans doute, les personnages sont trop uniformément des ombres gémissantes et qui parlent trop de leur âme, et en termes trop souvent puérils, quoique d'une puérilité voulue et cherchée, avec trop de répétitions de mots et de phrases qui se répondent comme des sons de cloches dans la nuit ; mais il y avait au fond de tout cela des cris de terreur inouïs, des effets de mystère irrêvés, et parmi une atmosphère d'angoisse les cœurs s'arrêtaient soudain comme des horloges mourantes, Avec *Pelléas et Mélisande*, le monde sorti de l'imagination — on dirait parfois un peu névrosée, mais quel non-sens ce serait! — du poète, s'humanise et tend vers un lyrisme où il y a des sourires dont l'œuvre s'éclaire, en même temps que le dialogue devient moins inconscient, ressemble moins à des cris et à des soupirs de la nature. « Je ne t'ai embrassé qu'une fois jusqu'ici, dit le vieux roi Arkaël à Mélisande, le jour de sa venue ; et cependant les vieillards ont besoin de toucher quelquefois de leurs lèvres le front d'une femme ou d'un jeune enfant, pour croire encore à la fraîcheur de la vie et éloigner un moment les menaces de la mort. » Voilà de ces choses qui firent prononcer à des enthousiastes le nom de Shakespeare ; et en effet il n'y a peut-être que dans Shakespeare que les personnages osent ainsi mêler le lyrisme de la pensée au lyrisme de l'action. Ces personnages, et c'est encore un de leurs traits, et le plus humain peut-être, se donnent à eux-mêmes et aux autres beaucoup d'explications sur la vie, et cependant n'arrivent jamais à en élucider le mystère. Comme je l'ai dit déjà, dans une très ancienne étude sur Maeterlinck, « ils ne savent rien que souffrir, sourire, aimer ; quand ils veulent comprendre, l'effort de leur inquiétude devient de l'angoisse et leur inquiétude s'évanouit en sanglots. »

« Avant d'aller aux Salons annuels, il est bon, afin d'éviter les surprises des sens, d'aller considérer d'abord quelques Titien et quelques Rembrandt. Avant d'aller s'émouvoir à tel drame de la romantique manière, relisons un peu de Shakespeare, d'Ibsen ou de Maeterlinck (1). »

(1) *Promenades littéraires*, Ve Série.

NOTE SUR LES REVUES

NOTE SUR LES REVUES

Les revues petites et grandes, et surtout les petites, peut-être, ont de l'importance dans un mouvement littéraire. Ici, elles témoigneront aussi de la vitalité du milieu où elles se produisirent. J'en donne, malheureusement sans chronologie une liste, en m'en référant aux travaux d'Albert Mockel, qui fonda l'une des plus intéressantes, la *Wallonie*. A la suite des titres, je fais figurer les noms des fondateurs et des principaux collaborateurs, ce qui est une occasion de citer des noms qui n'ont pu trouver place précédemment.

La Jeune Belgique : Max Waller, Albert Giraud, Iwan Gilkin, Georges Rodenbach, Camille Lemonnier, Emile Verhaeren, Georges Eekhoud, James Vandrumen, Georges Knopff, Henry Maubel, Francis Nautet, Louis Delattre, Jules Destrée, Valère Gille.

L'Art Moderne : Edmond Picard, Victor Arnould, Emile Verhaeren, Octave Maus.

La Basoche : Charles de Tombeur, André Fontainas, Hector Chainaye, Arnold Goffin.

La Wallonie : Albert Mockel, Fernand Séverin, Maurice Wilmotte, Max Elskamp, Hubert Krains, Olivier et Jules Destrée, Hector Chainaye, Auguste Vierset, Georges Marlow, Charles Delchevalerie, Paul Gérardy.

(Le romancier Eugène Demolder, dit

M. A. Mockel, le poète André Fontainas et trois poètes Gantois, alors pareillement obscurs, Grégoire Leroy, Charles van Lerberghe et Maurice Maeterlinck, se partageaient entre les groupes rivaux de la *Jeune Belgique* et de la *Wallonie*).

Le Coq rouge : Eugène Demolder, Maurice Desombiaux.

Le Réveil : Albert Ghéquier.

Floréal : Charles Delchevalerie, Aug. Henrotay, Paul Gérardy, Léon Paschal.

La Revue Wallonne : Maurice Wilmotte.

Caprice-Revue : Maurice Suville.

Vers l'horizon : Octave Théry.

Revue Mosane : Paul Dermée.

L'idée libre : François André.

La Pléiade : Albert Arnay.

La Vie Nouvelle : Christian Beck.

Antée : Christian Beck, Louis Piérard, Isi-Collin, Henry van de Putte.

Les Visages de la vie : Charles Dulait.

L'Art jeune : Ch. van Lerberghe, André Ruyters, Henri Maubel.

Comme il nous plaira : Georges Rency, André Ruyters.

Le Spectateur catholique : E. de Bruyn, Max Elskamp, Arnold Goffin.

Durendal : Abbé Moeller, Georges Virrès, Charles de Spirlet.

La Vie intellectuelle : Georges Rency.

Le Thyrse : Léopold Rosy.

La Belgique : Paul André.

La Belgique française : M. Devos.

La Revue franco-wallonne : Richard Dupierreux.

Le Masque : Dumont-Wilden, Grégoire Le Roy, Georges Marlow.

La Revue générale : Eugène Gilbert.

La Société nouvelle : Fernand Brouez, Maurice Gauchez, Louis Piérard, Emile Verhaeren, Maurice Maeterlinck.

La Revue de Belgique : Maurice Wilmotte.

Ces trois dernières revues sont aussi des revues politiques et importantes. Parmi les autres, je citerai encore la fantaisiste *Pourquoi pas* ? La Belgique fut extrêmement féconde en revues éphémères : je ne veux pas oublier *La Roulotte* ni même *Le Rat Blanc*.

INDEX DES NOMS CITÉS

INDEX DES NOMS CITÉS (1)

(1) On n'a pas relevé les noms qui ne sont cités que dans la Note sur les revues, pages 121 à 125

TABLE

Achevé d'imprimer

le dix-sept novembre mil neuf cent quinze

pour

G. CRÈS et Cie

par

G. Clouzot, à Niort

Il existe un tirage à part sur Japon.

Le fascicule : 4 francs

L'édition ordinaire, papier vergé, se vend 0 fr. 80 le fascicule.

PRINCIPAUX COLLABORATEURS

H. Boutet	Jou
Ciolkowski	P.-E. Vibert
Delaw	Steinlen
Depaquit	Simpson
Ch. Fouqueray	L. Raemaekers
Hansi	B. Rabier
Hermann-Paul	Roubille
Ch. Huard	B. Naudin
Huygens	Nam
H. G. Ibels	Louis Morin
Job	F. Masereel
Jouas	Ch. Léandre

MAURICE BARRÈS

DE L'ACADÉMIE FRANÇAISE

Le Jubilé de Jeanne d'Arc

ORNÉ DE SIX COMPOSITIONS D'ANGEL

Un volume in-4 vélin, ... 5 francs

Éditions G. CRÈS et Cie, 116, boul. Saint-Germain

COLLECTION " LES PROSES "

UN OUVRAGE INÉDIT

DE

Léon BLOY

Jeanne d'Arc & l'Allemagne

Un volume in-16, papier vélin teinté .... 3 fr. 50

Il a été tiré des exemplaires japon impérial à 15 fr., et vélin de Rives à 10 fr.

ÉDOUARD DRUMONT

Sur le Chemin de la Vie

(SOUVENIRS)

Portrait de l'auteur

Un volume in-16, papier vélin teinté .... 3 fr. 50

IL A ÉTÉ TIRÉ :

60 exemplaires japon impérial (dont 10 hors commerce). Numérotés de 1 à 60, prix : .... 5 fr. »

575 exempaires vergé pur fil (dont 75 hors commerce). Numérotés de 61 à 635, prix .... 6 fr. »

Tout le monde voudra lire les SOUVENIRS du maître polémiste et du grand écrivain.

Cédant au double attrait qui fait de lui tour à tour un peintre charmant du passé ou le rude champion des plus violents combats, Edouard Drumont nous donne dans cet ouvrage, entièrement inédit, *pour lequel il écrivit une* Préface qui est à elle seule un évènement, *tout ce qu'une vie déjà longue a pu laisser en lui de tendre, de mélancolique ou d'amer. Et c'est une merveilleuse galerie de nos contemporains, un « Mémorial » ironique et délicieux de notre temps.*

www.ingramcontent.com/pod-product-compliance
Ingram Content Group UK Ltd.
Pitfield, Milton Keynes, MK11 3LW, UK
UKHW031901260826
14628UKWH00002B/908

9 782329 562629